Selene Mariani
Miniaturen in Blau

Erzählungen

re:sonar verlag

Bibliografische Information der Deutschen Nationalbibliothek
Die Deutsche Nationalbibliothek verzeichnet diese Publikation in der Deutschen Nationalbibliografie; detaillierte bibliografische Daten sind im Internet über https://portal.dnb.de abrufbar.

Erste Auflage 2021
re:sonar verlag
www.resonarverlag.de
Instagram: @resonar_verlag
Satz und Umschlaggestaltung im Verlag
Abbildung für den Umschlag: Julia Thomas, Hannover
Druck und Bindung: Sowa, Piaseczno

Printed in Europa

ISBN 978-3-949048-16-6

r·

Selene Mariani, geboren 1994, wuchs in Verona und Dresden auf. Sie studierte am Hildesheimer Literaturinstitut und veröffentlichte in Literaturzeitschriften und Anthologien. Neben dem Schreiben ist sie auch als Leiterin von Schreibwerkstätten aktiv. Mit *Miniaturen in Blau* legt sie ihren ersten Band mit Erzählungen vor.

Miniaturen in Blau

Stimmen

»Ist was passiert?«, fragt Ma. Mit dieser Stimme, gefroren hört sie sich an, wie Eiswürfel in einem leeren Wasserglas.

Ich kann mir nur vorstellen, dass sie nicht immer so klingt. Immer, wenn ich nicht anrufe, klingt sie vielleicht ganz warm, und dann, sobald das Telefon klingelt und sie meinen Namen auf dem Display sieht, friert sie ein.

»Nein«, sage ich, wie immer. Und wie immer sagt sie: »Wirklich?« Und ich sage wieder: »Nein«, und schäme mich. Wieso habe ich angerufen?

»Weil du mit deiner Mutter sprechen willst«, sagt Jonie später.

Jonie ist meine Mitbewohnerin. Deswegen erschrecke ich mich nicht, als sie mit Decke über dem Kopf in die Küche kommt und meine Gedanken liest. Wir wohnen jetzt seit fünf Jahren zusammen. Seit fünf Jahren läuft Jonie nie ohne Decke herum, selbst an Sommertagen, und seit fünf Jahren kennt sie meinen Post-Ma-Telefonat-Gesichtsausdruck.

»Weil du sie liebst«, sagt Jonie. Sie sagt es laut, weil sie weiß, dass ich es hören muss.

Und dann hebt sie ihre Decke an und ich krieche mit darunter. Dort ist es warm und es riecht wie in Jonies Zimmer, wenn sie übers Wochenende nicht da ist und ich manchmal heimlich kurz ihre Zimmertür öffne.

»Jonie«, sage ich, »vielleicht rufe ich noch mal an.«

»Mach das«, sagt sie und steht auf. Die Decke rutscht von meinem Rücken und mit ihr die Wärme.

»Vielleicht auch nicht«, murmele ich.

Jonie, die gerade Wasser in den Kessel laufen lässt, hält inne. Die Decke fällt von ihren Schultern, plötzlich sieht sie seltsam kahl aus, wie ein Sessel ohne Polster.

Sie stellt den Kessel ab, nimmt ein Glas und lässt kaltes Wasser aus dem Hahn hineinlaufen.

»Hier«, sagt sie und stellt mir das Glas hin. Es ist außen beschlagen wie meine Brillengläser, wenn ich im Winter abends nach Hause komme.

»Immer das Gleiche«, sagt Jonie.

Ich nehme einen Schluck, die Kälte sticht in meinen Zähnen.

»Jetzt mach schon«, sagt Jonie. »Ruf sie an.«

Die Kälte sticht inzwischen auch überall sonst.

Ich schaue Jonie an.

»Ich zieh' aus.«

Vorhang

Gertrud wacht auf. Sie schaut auf den dunkelblauen Vorhang. Früher ist Heinrich vor ihr aufgestanden, hat die Sonnenstrahlen hereingelassen.

Niemand sieht, ob sie aufsteht. Also bleibt sie liegen.

Dann klingelt es an der Tür. Jetzt steht sie doch auf, bleibt mit der Hand am Bettgestell stehen, bis der Schwindel vorbei ist. Sie zieht sich im Halbdunkeln an, geht Stufe für Stufe die Treppe hinunter. Erst in der Küche fällt ihr ein: Vorhang aufmachen, lüften. Zu spät.

Gertrud legt eine Kapsel in die Kaffeemaschine, drückt auf den Knopf. Die Tasse ist aus Meißner Porzellan und blitzblank. Die hat sie gestern abgewaschen. Früher musste sie Berge abwaschen. Für Jordan, der nicht mehr ist, und für Lisa, die in Australien wohnt, und für Heinrich.

Gertrud zieht die Schuhe mit dem Schuhlöffel an, dann fällt ihr der Kaffee ein. Aber mit Schuhen kann sie nicht in die Küche. Sie nimmt den Mantel vom Bügel. Früher hat Heinrich ihr hineingeholfen, jetzt muss sie den schlechten Arm heben. Sie presst die Lippen zusammen, bis er im Ärmel ist.

Der Schlüssel steckt in der Tür. Das ist gut, so kann sie ihn nicht vergessen.

Und draußen warte ich, in der einen Hand den Thermobecher mit Kaffee und in der anderen ein Croissant. Gertrud sinkt in den Autositz. Ich reiche ihr das Frühstück, dann schnalle ich sie an. Gertrud krümelt schweigend ihren Mantel voll und schluckt hin und wieder. Sonst ist es still. Fast lächelt sie, beinahe sagt sie: »Danke, Kind.«

»Wir gehen heute ins Kino«, sage ich.

Gertrud grummelt.

»Der neue mit Meryl Streep.«

Im Kino drücke ich Gertrud Popcorn in die zittrigen Hände. Sie knurrt und rührt es nicht an. Doch der Film rührt sie an, gegen Ende, eine Träne huscht über ihre Wange, sofort weggewischt, trotzdem: Ich kenne die Bewegung.

»Hat's dir gefallen?«, frage ich.

Gertrud brummt. Beinahe lächelt sie, fast sagt

sie: »Danke, mein Kind.«

Nach dem Essen bringe ich Gertrud zurück nach Hause. Sie setzt sich in die Küche, ich kippe den Kaffee von heute Morgen weg, stelle die Tasse ins Waschbecken, damit Gertrud sie selbst abwaschen kann. Dann gehe ich nach oben, öffne den Vorhang und das Fenster.

»Also dann«, sage ich und gehe Richtung Haustür.

»Samstag?«, ruft Gertrud.

Ich drehe mich um und lächele. »Natürlich! Bis nächsten Samstag.«

Decke

Ich habe eine Wohnung, aber wohnen tue ich darin nicht.

Einmal die Woche stelle ich meinen Koffer im Flur ab. Ich nehme die Waschtasche heraus und mit ins Bad. Ich putze mir die Zähne, setze die Plastikkappe wieder auf die Zahnbürste und lege die Tasche zurück in meinen Koffer.

Der Kühlschrank ist abgestellt – nachdem ich anfangs immer wieder Tupperdosen entsorgen musste, deren Inhalt aussah wie die flauschige blaue Decke, die ich mir im Zug immer auf den Schoß lege. Beim Bahnhofs-Rossmann habe ich Tortellini gekauft. Die esse ich direkt aus dem Topf.

Die verdorrte Calla auf dem Fensterbrett erinnert an die Anfangszeit, als ich noch glaubte, hier etwas lebendig halten zu können, obwohl ich nie da war.

Meine benutzten Kleider kommen ins Schnellwaschprogramm und dann in den Trockner – davon werden sie zwar nur ein kleines bisschen trockener, aber das ist besser als nichts. Ich rieche wahrscheinlich immer ein wenig muffig, aber das merke ich nicht. Einen neuen Trockner hatte ich mir schon mal ausgesucht, aber für die Lieferung hätte ich länger als eine Nacht in der Wohnung bleiben müssen.

Wenn die feuchten Kleider im Koffer liegen und das Geschirr abgewaschen ist, nehme ich meine Handtasche und lege mich mit ihr ins Bett. Ich schlucke ein paar der Baldriantabletten, stelle den Handywecker, den ich immer stelle. Dem staubigen Holzwecker auf dem Nachttisch traue ich nicht mehr.

Ich ziehe Handcreme und Zeitschrift aus der Handtasche. Abendrituale sind wichtig, Schlafhygiene, damit ich irgendwann keine Tabletten mehr schlucken muss.

Am nächsten Morgen esse ich die Nektarine, die ich gestern in der fremden Stadt gekauft habe. Den Kern werfe ich in die Mülltüte. Ich hatte mal mehrere, aber das lohnt sich nicht mehr. Ich habe jetzt eine – in die kommt alles.

Ich streiche die Bettdecke glatt, schließe das Fenster, Staubflusen wirbeln durch die Luft und senken sich auf Nachttisch, Kühlschrank und auf die tote Pflanze. Ein letzter prüfender Blick: sämtliches Geschirr abgewaschen, nirgends Verderbliches.

Meine Handtasche über der Schulter, meinen Koffer in der einen, die Mülltüte in der anderen Hand trete ich nach draußen. Meine Wohnung fällt wieder in ihren Schlummer und mir fällt es, wie immer, fast schwer, die Mülltüte wegzuwerfen.

Auf dem Weg zum Bahnhof presse ich die Handtasche mit dem Ellenbogen an meinen Körper und halte den Koffergriff fest. Ich denke an die blaue Decke darin, die ich mir auf Platz 33 in Wagen 21 auf den Schoß legen werde, und schon geht es mir ein bisschen besser.

Eis

Seit sie da ist, frage ich mich, warum. Na ja, nicht ganz. In dem Moment, als ich sie zum ersten Mal in den Armen hielt – da nicht. Aber danach: Warum schreit sie andauernd? Warum muss ich immer aufstehen? Warum kann ich sie nicht beruhigen? Und der Verlasser fragte: Warum fragst du dich immer so viel? – sogar er: Warum? – kurz, bevor er weg war.

Warum habe ich mich in ihn verliebt? Warum kam sie? Warum redet sie nicht mit den anderen Kindern? Warum redet sie nicht mit mir?

Wir sind am Spielplatz. Ich sitze auf einer Bank, sitze neben dem Briefkasten, in dem meine Exmatrikulation liegt. Unterschrieben, bald gestempelt und zurück auf meinem Schreibtisch. Der Rahmen für die Urkunde bleibt leer.

Und ich versuche nicht zu fragen, warum, nur zu beobachten. Sie, wie sie mit den Fingern durch den Sand fährt. Abseits der anderen, die sich laut und schnell bewegen, sitzt sie, schaut jedem einzelnen Sandkorn zu, wie es zwischen Zeige- und Mittelfinger hindurchrinnt.

Unter meinem weiten Pulli spannt das enge Top, das ich in der Bar trage, weil ich so mehr Trinkgeld bekomme. Ich versuche, nicht an Feminismus-Diskurse aus der Unizeit zu denken, die mir vorkommen wie dreizehn, nicht drei Jahre entfernt.

»So ist das Leben«, sage ich mir, wie Mutter früher, wenn sie wieder mal vor einem Berg Geschirr stand. Der Spruch hilft nicht, half er damals bei ihr? Was sie heute wohl sagen würde? Würde Mutter sich freuen über sie – oder auch fragen: Warum?

Plötzlich steht sie vor mir, zeigt auf ein Kind, das nicht mit den anderen bei der Rutsche ist, sondern neben seiner Mutter auf einer Bank sitzt, in der Hand ein Eis.

»Willst du spielen?«, frage ich ungläubig.

Sie schüttelt den Kopf.

Sie zeigt noch einmal. Leckt sich über den Mund.

»Ein Eis?«

Sie nickt.

»Okay«, sage ich.

Genau wie das Kind, auf das sie gezeigt hat, bekommt sie eine Kugel blaues Eis. Sie setzt sich nicht neben mich, wie das andere Kind neben seine Mutter.

Beobachten. Beobachten, wie sie auf das Blau schaut, mit großen Augen. Sie leckt das erste Mal am Eis, genau so langsam wie vorhin der Sand rann, leckt mit der Zunge am Blau, ihre Augen sind jetzt ausdruckslos, weil sie sich auf den Geschmack konzentriert. Sie hält die Waffel fest mit beiden Händen, wie das Kostbarste auf der Welt.

So wie ich sie das erste Mal hielt.

Und für einen langen, wunderbaren Moment frage ich nicht mehr, warum.

Anzeigetafel

Die Anzeigetafel ist blau lackiert. Sonst ist hier alles grau. Es regnet und der Himmel scheint sich zu spiegeln – in den Pflastersteinen, in den Gesichtern, in den zugemüllten Gleisen.

Als Kind habe ich oft Regentropfen gemalt. Blaue dicke Tropfen, vor einem Fenster mit Rüschengardine, aus dem eine schwarze Katze blickt.

Wieso habe ich die Regentropfen blau gemalt? Blau ist allein diese Anzeigetafel, vor der ich stehe, die ich anstarre, um den Rest nicht zu sehen.

In Jonas' Wohnung waren die Wände grau. Und auch alle Schränke, metallisch glänzend. Schick fand er das. Und ich fand es interessant, dass man etwas so hässliches schick finden kann. Faszinierend sogar, dass man glatte Flächen unebenen, weichen und krümeligen vorzieht. Jetzt wundert mich das nicht mehr – Jonas mag es ordentlich, Jonas mag es nicht lebendig. Und weil ich lebendig bin, musste das mit uns schiefgehen.

Am Anfang sagte er noch Sachen wie: »Du bist so anders.« Und ich dachte, das wäre ein Kompliment.

Später sagte er: »Du bist so anders als ich.«

Und da machte ich mir schon ein bisschen Sorgen, aber ich hatte mich gerade an all das Grau gewöhnt. Ich setzte mich abends mit ihm auf dieses harte Ding, das er Sofa nannte, und fand es fast gemütlich.

Dann sagte Jonas: »Du bist ja chaotisch.«

Und da war es schon konkreter. Aber das »ja« klang so erstaunt und ich redete mir ein, dass es bedeutete: Wie spannend du bist, du überraschst mich jeden Tag. Oder so ähnlich.

Na ja. Ich war eben verliebt. Ich hatte zwar keine rosarote Brille auf, sondern eine graue, aber sonst war alles wie immer beim Verlieben – zumindest wie beim Verlieben im Film. Hat man so eine Brille auf, läuft man gegen alle möglichen Hindernisse, ohne es zu spüren. Wie betrunken. Aber hinter einer der nächsten Ecken wartet der Kater.

Und dem liefen wir dann über den Weg, das letzte Mal, als wir uns sahen: Ein schwarzer Kater, so wie auf den Bildern, die ich als Kind malte, die mit den blauen Tropfen und der Idylle, und ich sagte: »Schau mal.«

Jonas sagte: »Oh je.«

Und da fiel mir ein, dass er irgendwann erzählt hatte, dass er Katzen hasste. Weil das nicht zu meiner Brillenrealität passte, hatte ich es ausgeblendet, aber plötzlich klappte das nicht mehr. Und während ich das dachte, lief ich direkt in Jonas hinein – und es tat weh.

Jonas sagte: »Du bist so chaotisch.«

Und dieses »so« tat noch mehr weh als der Zusammenstoß. Ich rieb mir über die Stelle, an der ich morgen einen blauen Fleck haben würde und sagte nichts, obwohl die graue Brille schon auf meiner Nasenspitze saß, kurz vorm Abrutschen.

»Ich wollte nicht so nah an dem Vieh vorbei«, sagte Jonas und strich sich über seine perfekt gebügelte Hose, als hätte die Katze drangehaart. Aber da hatte doch nur ich ihn berührt. Er strich mit dem Handrücken darüber, um meine Spuren zu beseitigen, als wäre ich etwas Ekliges, und vielleicht war ich das auch die ganze Zeit gewesen – das einzig Weiche, Unebene und Krümelige in seiner Wohnung. Plötzlich wusste ich, dass Jonas jedes Mal, nachdem ich ihn besucht hatte, alles abgewischt und gesaugt haben musste, und plötzlich wurde ich sehr, sehr wütend.

Und obwohl ich kurz danach die Brille zu Boden schmiss und ein für alle Mal zertrat, kann ich seitdem kein Grau mehr sehen.

Das ist schlecht, denn in Hildesheim ist alles grau, besonders der Bahnhof. Und seit ich unter der Woche nicht mehr bei Jonas übernachte, muss ich jeden Tag pendeln.

Deshalb starre ich auf die Anzeigetafel, und ihr Blau, und denke an meine Wohnung, in der alles wunderbar weich, uneben und krümelig ist. Besonders seit ich eine schwarze Katze habe.

Geschenkpapier

»Komm her und gib mir ein Küsschen«, sagt Oma und spitzt die Lippen.

Ich drücke meine Lippen auf ihre Wange, die sich anfühlt wie meine Hände nach dem Plätzchenbacken – buttrig-weich. Wie immer, wenn ich Oma geküsst habe, strahlt sie.

»Und was ist mit mir?«, fragt Opa. Auch ihm gebe ich einen Kuss, auch er lächelt. Und ich denke: Die beiden könnten jeden Tag so strahlen, sie haben einander zum Küssen, aber tun's nicht.

»Die zwei sind sich nur einmal im Leben nahegekommen«, hat Mama mal gesagt: »Danach wurde ich geboren.«

Dabei ist auch Opas Gesicht weich, vielleicht nicht so weich wie Omas, aber dafür riecht es gut, ein bisschen wie der Weihnachtsbaum.

»Willst du nicht deine Geschenke auspacken?«, fragt Mama.

Mama und Oma küssen sich nicht, auch Mama

und Opa nicht. Sie sitzen alle drei auf dem Sofa, zwischen ihnen so viel Abstand wie möglich, als säßen da noch zwei Leute. Wer könnte das sein, frage ich mich. Papa auf keinen Fall, der saß da noch nie. Vielleicht eher Tante Aune, aber die würde nicht dazwischen passen, und außerdem ist die zu Weihnachten immer bei ihrer Liebhaberin in der Toskana.

»Was ist denn?«, fragt Mama und guckt besorgt. Wenn sie besorgt guckt, muss ich schnell machen. Ich springe unter den Weihnachtsbaum und nehme das erste Päckchen in die Hand. Es ist ein weiches. Die mag ich am liebsten. Ich löse die Klebestreifen. Aus dem Papier fällt ein Schal, der sich anfühlt wie eine Wolke.

»Danke, Mama«, sage ich, weil ich weiß, dass Mama den ausgesucht hat, und ich lächele, weil Mama dann versteht, dass ich mich freue, und ich umarme sie, weil Mama sich dann auch freut.

Und so geht das weiter: Aufmachen, lächeln, umarmen. Mal Mama, mal Oma, mal Opa und alle schauen mich an und irgendwann tun meine Mundwinkel weh und meine Arme werden schwer. Und trotzdem muss ich weiter auspacken, lächeln und umarmen, bis um mich herum alles voller Geschenkpapier ist: buntes, gepunktetes und glänzendes und Geschenkbänder, glitzernde und gekringelte.

Irgendwann liegen unterm Baum nur noch drei Geschenke. Es sind die einzigen, die nicht bunt, gepunktet oder glitzernd sind, sondern dunkelblau mit schwarzen Schleifen. Das sind die Geschenke von Oma und Opa für Mama und von Mama für Oma und Opa.

Ich nehme die blauen Päckchen, keins davon ist weich, und lege sie ihnen jeweils in den Schoß.

Sie packen aus, sehr umständlich, weil sie keine Übung im Geschenke-Öffnen haben. Ich muss ihnen die Schere geben, die ich nicht gebraucht habe.

Dann liegen die Geschenke endlich ausgepackt in ihren Schößen. Alle drei haben Bücher bekommen. Und alle drei lächeln, aber nicht so gut wie ich, und sie umarmen sich auch nicht. Sie sagen nur: »Danke«, mit gesenktem Blick in ihre Schöße, als sagten sie es zu ihrem Geschenk und nicht zueinander.

Kein Wunder, denke ich. Ich würde mich auch nicht freuen über dieses Blau, dunkel wie ihre

Weihnachtspullover. Ich trage mein bestes, samtrotes Kleid, und auch alle meine Geschenke waren rot-gold-gelb-grün-glitzernd eingepackt. Wenn man das sieht, freut man sich, da ist es fast egal, was im Päckchen ist.

Ich sehe sie an, die drei, wie sie jetzt in ihren Büchern blättern, mit eingezogenen Ellenbogen, um den Abstand zu wahren. Mama sitzt in der Mitte, Oma und Opa an den Rändern.

Ich stelle mir vor, sie wären Puppen. Ich würde sie von links und rechts dicht zusammenschieben. Ich würde ihre Arme nehmen und sie auf die Schultern der anderen legen. Ich würde ihre Lippen und Wangen zusammendrücken.

Stattdessen gehe ich zu ihnen, umarme sie alle nacheinander. Da strahlen sie und ich denke: Bis nächstes Weihnachten überlege ich mir eine Strategie.

Zug

»Wenn ich nicht schreibe, habe ich schlechte Laune«, sagt Ella.

»Also immer«, erwidere ich.

Sie zieht die Nase hoch. Wie immer klingt es, als hätte sie einen Schnupfen. Aber Ella hatte schon im Kindergarten eine Rotznase. Und damals wurde nichts hochgezogen, da hing es gelb bis auf ihre Oberlippe hinunter, und wenn ihre Mutter sie abholen kam, bekam Ella jedes Mal Ärger. Trotzdem änderte sich nichts.

Heute ändert sich vieles, aber immer das Falsche. Fünfundzwanzigstes Lebensjahr: abrupte Enden und drohende Anfänge.

Der Zug fährt los und Ella setzt sich aufrechter hin.

»Im Ernst jetzt«, sagt sie. »Du verstehst das nicht.«

Das hat sie früher auch schon so gesagt, du verstehst das nicht, in diesem Tonfall.

Und damals wollte ich, dass Ella irgendwann sagt: »Du verstehst mich«, in einem ganz anderen Tonfall. Und eigentlich will ich das immer noch und weiß nicht, warum.

»Dann schreib doch«, sage ich.

»So einfach ist das nicht«, sagt Ella, und wieder: »Du verstehst das nicht.«

Ich schweige, denn Ella wird gleich weitersprechen.

»Diese Existenzangst. Die killt meinen Schreib-Vibe.«

Immer diese Anglizismen, denke ich, und frage mich, warum Ella und ich eigentlich immer noch befreundet sind oder ob wir je wirklich befreundet waren. Und dann schäme ich mich.

»Oh, Existenzangst kenne ich«, erinnere ich Ella. »Wenn ich nicht jeden Tag im Copyshop arbeiten würde, könnte ich meine Miete auch nicht zahlen.«

»Tja, das ist es ja«, sagt Ella. »Die Arbeit, die ich mache, wird nicht bezahlt.«

»Doch, von deinen Eltern«, sage ich und weiß, dass es gemein, aber wahr ist.

»Meine Eltern geben mir bloß achthundert im

Monat«, sagt Ella. »Das ist schlechter als Hartz IV.«

»Aber Existenzangst muss man da nicht haben«, sage ich und denke darüber nach, ob ich von meiner Mama je mehr als die fünfzig Euro Weihnachtsgeld bekommen habe. »Und du wirst Häuser erben.«

»Wenn meine Großeltern sterben«, sagt Ella.

»Die sind neunzig«, sage ich.

Ella schnieft theatralisch. »Darüber will ich gar nicht ...«

»Tut mir leid«, sage ich und meine es nicht.

Ich muss daran denken, dass Ella früher in der Schule immer eine Tupperdose mit sechs Kindercountrys dabeihatte. Ich durfte eins davon haben, und manchmal war mein Hunger so groß, dass ich zwei aß. Dann musste ich mich entschuldigen. Obwohl ich nie eine Tupperdose dabeihatte, weil meiner Mutter zwischen ihren Schichten keine Zeit blieb, mir ein Brot zu schmieren, und weil sie trotz ihrer zwei Jobs kein Geld für Kindercountrys hatte.

Ella schaut aus dem Zugfenster und schweigt, schweigt ungewöhnlich lange.

»Hey«, sage ich.

Ella sieht mich an, ihre Augen sind feucht, so wie damals, als ich ihr das mit meinem Großvater erzählt habe. Drei Monate lang war sie die Einzige, die davon wusste, und jeden Tag umarmte sie mich deswegen doppelt so lange und ließ mich im Unterricht mit ihrem Lieblingskugelschreiber schreiben.

Ihre Augen sind blau, wie der Sitz hinter ihr, wie damals, als wir ins Landheim fuhren, zu unserer ersten Klassenfahrt. Wir saßen in einem Vierer, genau wie jetzt, und Ella hielt mir ihre geschlossene Hand hin. Ich öffnete ihre Finger und fand ein Armband. Ella fragte nicht, sie schob es über meine Hand, und obwohl es mir ins Handgelenk schnitt, behielt ich es seitdem jeden Tag an, weil Ella genau das gleiche hatte.

Ich denke an alles, was sich ändert und nicht ändern soll und sage noch mal: »Es tut mir leid.«

Und jetzt meine ich es.

Tabletten

Ich vermisse nicht dein Lächeln, sondern wie die Eschenbachs oben stritten, immer zwischen zwei und vier Uhr morgens, und wie wir die Musik laut aufdrehten und tanzten, bis es vorbei war.

Ich vermisse nicht deine Augen, sondern die hässliche rechteckige Brille, die aussah, als hättest du sie selbst aus Draht gebastelt. Zum Filmeschauen hattest du sie getragen, sie saß immer schief. Ich vermisse, wie du über die Filmheld:innen hergezogen bist, bis ich vor Wut einen Krampf im Bauch hatte.

Ich vermisse deine Wadenkrämpfe, jeden Abend, kurz vor Herrn Eschenbachs erstem Schrei, wie du hin- und hergegangen bist, in unserem langen Flur, den wir nie gesaugt haben, der alle Socken grau färbte. Ich vermisse dein Fluchen, wenn du wieder mal einen Holzsplitter im Fuß hattest: »Verflixte Kiste!«

Ich vermisse Aufbackbrötchen am Sonntagmorgen, dein »Die sind fast fertig« und dann »Verflixte Kiste!« und den verbrannten Geruch.

Ich vermisse, dass du mich aus der Schule abgeholt hast und alle fragten: »Ist das deine Mutter?«, und du sagtest: »Nein, ihre Schwester!« Und wie du dann gelacht hast, deine grauen Locken, leicht wie Federn, lachten mit.

Ich vermisse deine pseudoklugen Ratschläge: »Was du heute kannst besorgen, das verschiebe nicht auf morgen.« Oder beim Auswaschen der Orangenpresse: »Wenn du sie gleich spülst, geht es ganz leicht, wartest du bis nachmittags, hängt alles fest, merk dir das.«

Ich vermisse die Tage, an denen du nicht aufstehen konntest, und ich noch glaubte, das läge an deinem alten Körper, der nur nachts zwischen zwei und vier Uhr einen Energieschub hatte.

Ich vermisse alle Tage, bevor du die blaue Packung im Bad liegen hattest – die Tabletten halfen nicht: Du konntest trotzdem immer seltener aufstehen.

»Wie sieht es aus?«, fragte ich irgendwann.

»Es sieht gar nicht aus«, sagtest du. »Es drückt auf meine Brust, bis ich nicht mehr atmen kann.«

Ich glaube, Eschenbachs sind schuld. Sie hatten aufgehört zu streiten und wir deshalb keinen Grund zum Tanzen mehr. Also drehte ich mitten am Tag die Musik auf und du tanztest, aber nur, um mich zu beruhigen. Deine Bewegungen sahen aus, als hättest du den schweren Wanderrucksack auf, den du mir damals vor jeder Klassenfahrt voll mit Büchern gestopft hattest: »Nutz die freie Zeit, solange du noch kannst!«

Jetzt ist das Parkett im Flur immer noch grau und splittert, und ich gehe zum Fernseher und schimpfe mit den Filmen und nachts zwischen zwei und vier Uhr tanze ich, bis ich schlafen kann. Morgens stehe ich auf, mache mir einen Orangensaft und wasche direkt danach die Presse aus.

Boden

Mittags scheint die Sonne auf unseren Küchenboden. Dann legen Lara und ich uns nebeneinander aufs Türkis und machen die Augen zu. Wärme strömt über unsere Gesichter, unsere Arme und Beine. Der Fußboden bleibt kalt und deshalb frieren wir, egal, wie stark die Sonne ist.

Am Anfang hatte ich das mit Lara nicht verstanden. Ich hatte gedacht, dass sie einfach eine aufgedrehte Person sei, die gern Risiken einging, die nicht viel brauchte, außer einer Matratze, auf der sie schlafen konnte, und Musik. Ich war neunzehn und bewunderte sie dafür. Ich versuchte, mich an ihren Rhythmus anzupassen. Das bedeutete, Schlaf und Nahrung durch Clubs und Tanzen zu ersetzen. Tagelang geht das, kann das gehen.

»Wollen wir los?«, frage ich.

Lara stöhnt.

»Du hast gesagt, du versuchst es«, sage ich und öffne die Augen.

Laras Gesicht sieht im Sonnenlicht aus wie das eines Kindes. Aber nur kurz, denn als sie ihren Kopf dreht, sehe ich wieder die Augenringe, die zu tief sind für ihr Alter, und ihre matte Haut, in der sich die Müdigkeit zu speichern scheint. Müdigkeit, der Lara bisher keinen Raum gegeben hat.

Ich merkte damals schnell, dass ich nicht mithalten konnte, so sehr ich es auch versuchte. Spätestens nach zwölf Stunden begannen meine Beine zu zittern oder mein Bauch stach vor Hunger oder die Erschöpfung drückte von innen gegen meine Stirn. Ich rief Lara dann meist etwas zu, das sie nur erahnen konnte. Sie zuckte enttäuscht mit den Schultern, tanzte weiter und ich holte meine Jacke aus der Garderobe, ignorierte dabei ein oder zwei widerliche Sprüche, trat nach draußen, atmete tief ein und machte mich auf die Suche nach einer U-Bahn-Station.

Wenn ich dann aussteigen musste, rief ich Lara an. Sie hob nie ab, aber ich tat so, während ich unter der Brücke entlanglief: Ich konnte mir nie sicher sein, ob es Tauben oder Menschen waren, die da im Dunkeln raschelten. Hier am Rande Berlins, wo die Mieten bezahlbar waren, feierte niemand, zumindest kam niemand so spät nach Hause wie ich. Ich hörte nur meine eigenen Schritte und sie klangen zu laut.

»Los«, sage ich und ziehe an Laras Armen. Sie hält die Augen geschlossen und ihr Körper ist zu schwer, um sie aufzurichten.

Mein Atem wird wieder so seltsam flach und schnell, wie nach einer großen Anstrengung oder kurz vorm Weinen.

»Bitte«, sage ich.

»Gerade ist doch alles gut«, sagt Lara.

Alles gut, sagte sie auch damals und ich gewöhnte mir an, zum Frühstück Aspirin plus C zu trinken, während Lara im Bad war. Sie war irgendwie andauernd im Bad und danach sah ihr Gesicht seltsam wächsern aus und ihre Stimme verlor jede Weichheit. An solchen Tagen lachte sie mich aus, wenn ich fragte, ob sie heute nicht zu Hause bleiben wolle.

Irgendwann, in einer dieser wächsernen, kalten Nächte, schrie sie mich an, mitten auf der Tanzfläche und ohne Grund. Ich ließ sie stehen, ging den alten Weg unter der Brücke entlang, ohne Handy in der Hand.

Als Lara erst Tage später nach Hause kam, war ihr Gesicht wieder normal, sie sah müde aus. Ich zeigte ihr den Müllsack, in den ich alles geworfen hatte, was ich finden konnte. »Ich werde damit aufhören«, sagte sie und ich glaubte ihr.

Wir führten den täglichen Küchenboden-Mittagsschlaf in der Sonne ein, Lara fing an mit Callcenter und Kochen und es fühlte sich zum ersten Mal so an, als sei wirklich alles gut. Bis ich irgendwann die neuen Verstecke fand. Bis ich sagte: »Hör auf oder ich gehe.« Und weil Lara nicht wollte, dass ich ging, rief sie bei der Nummer an, die ich rausgesucht hatte, und bekam einen Termin.

Plötzlich steht Lara auf. Sie sieht mich an. Ihr Blick ist klar, trotz allem. Und sie sagt: »Ich geh' allein.«

Beanie

Zum Abschied schickt Justus mir einen Link zu »Wild World« von Cat Stevens.

Now that I've lost everything to you / You say you wanna start something new / And it's breakin' my heart you're leavin' / Baby, I'm grievin'

Natürlich geht es ihm nicht um seinen Abschiedsschmerz, genauso wenig wie es in diesem Lied darum geht. Während Cat Stevens hofft, dass sein »Baby« auch schöne Kleider zum Anziehen dabeihat, winkt mir eine Kollegin zu – falsche Trauer in ihrem Blick: Ich bin mir sicher, dass auch sie gern weggehen würde.

Oh, baby, baby, it's a wild world / It's hard to get by just upon a smile, singt Cat Stevens und plötzlich steigt mein Puls vor Wut und ich erinnere mich.

Zwei Jahre hatte ich bereits hier gearbeitet. Er saß wie immer auf seinem Stuhl, dem einzigen bequemen im Besprechungsraum.

Ich saß auf einem dieser angeblich ergonomischen Hocker, von denen einer so viel kostet wie alle meine Wohnzimmermöbel zusammen.

Justus redete. Er fuhr sich dabei in regelmäßigen Abständen über seine winzige blaue Beaniemütze, die immer so aussah, als wäre sie kurz davor, ihm hinten vom Kopf zu rutschen. An seinem linken Mundwinkel hing ein Spuckefaden, der mindestens so sehr zu ihm gehörte wie diese Mütze. Ich schaute kurz auf die anderen: Wie ich starrten sie ins Leere, zuckten dann zusammen, schauten wieder zu Justus.

»Na dann«, sagte er schließlich. »Wenn sonst niemand mehr was zu sagen hat, einen guten Arbeitstag euch al-«

»Ich hätte noch was«, sagte ich.

Er zog kurz und kaum sichtbar die Schultern hoch – wie immer, wenn ich ihn unterbrochen oder ihm widersprochen habe. Dann rutschte er auf seinem Stuhl nach vorn, drehte lässig den Kuli in der Hand, sah mich an.

Ich berichtete etwas, ich weiß nicht mehr was, von irgendeinem erfolgreichen Kooperationsgespräch oder Projekt.

Er grinste und schlussfolgerte: »Also wieder

viele mit deinem Lächeln überzeugt.«

Ich schiebe die letzten Zettel von meinem Schreibtisch nach und nach in den Papierschredder und freue mich über die nutzlosen kleinen Schnipsel, die davon noch übrigbleiben.

I'll always remember you like a child, girl, singt Cat Stevens und ich erinnere mich.

Ich war inzwischen seit drei Jahren Teil des Teams. Wir saßen beim Mittagessen. Es gab Rotkohl mit Klößen.

»Schmeckt's?«, fragte Justus quer über den Tisch und nickte dabei, als wollte er mir die Antwort bereits vorgeben.

»Ich kenne Klöße anders«, sagte ich.

»Ach, ich vergesse ja immer, dass du aus Thüringen kommst. Was sind wir inklusiv hier, dass wir dich als Ossi aufgenommen haben«, sagte er – und zwinkerte mir zu.

Ich kaute auf einem mehligen Klumpen herum.

»Also, ich finde, du hast dich toll eingelebt bei uns«, sagte Justus. »Besonders, wenn man bedenkt, dass du keine Berufserfahrung hattest.«

Ich zählte die Jobs auf, die ich vor diesem hatte, er wischte sie mit der Hand weg und mit der Serviette über seinen Mund, der vom Rotkohl trotzdem noch lila war wie bei einer Leiche.

»Jedenfalls«, sagte er, »lass dir das von einem sagen, der schon seit über zehn Jahren im Business ist …«

But just remember there's a lot of bad and beware, höre ich und öffne alle Schubladen noch einmal: leer.

And I'll always remember you like a child, girl – das Lied ist zu Ende.

Ich öffne wieder seine Mail, klicke auf Antworten: »Danke für die Erinnerung.«

Ich ziehe die Jacke an, den Rucksack auf und die Tür hinter mir zu. Draußen schaue ich ein letztes Mal nach oben, auf das Fenster von Justus' Büro. Die Richtung kommt mir falsch vor, ein Herabschauen müsste es sein. Ich setze mich aufs Fahrrad und fahre nach Hause.

Abends kommt eine Freundin, wir stoßen an: »Auf ein Leben ohne den Beanie-Mann!«

Doch am nächsten Morgen, als ich anfange, Stellenanzeigen zu durchforsten, ist das Lied noch immer in meinem Kopf: *But just remember there's a lot of bad and beware.*

Mappe

Sie schaut mich an, sagt: »Einfach weggeschmissen hast du mich. So wie die Kisten voller Fotos: einfach in den Müll. Loswerden willst du mich, wie den Himmel vorm Fenster, den du jeden Tag mit Jalousien verdeckst, seit ...«

Ich mache die Musik an meinem Laptop noch lauter. Aber Herbie Hancock kann sie nicht übertönen, die elende blaue Mappe. Ich stehe auf, kippe den Papiermüll aus, lege die zerknautschte Mappe ganz nach unten, stapele und stopfe alles andere darüber.

»So wie deinen Kleiderschrank, vor den du den Wäscheständer gestellt hast, damit du ja nicht auf die Idee kommst, ihn aufzumachen und die Kleider zu sehen, die du getragen hast, als du noch ...«

RUHE, schreie ich innerlich.

»Immer die gleichen zwei grauen Pullis und die löchrige rosa Jogginghose ziehst du an, nur weil sie neutral sind, dich nicht an ...«

Ich gehe aus dem Zimmer, schmeiße Kaffeebohnen in die Maschine, doch selbst das schrille Mahlgeräusch kann nichts ausrichten gegen: »Du glotzt tagein, tagaus auf diesen Bildschirm wie eine vor Angst versteinerte Maus, wie die, weißt du noch, damals in Sizilien, als ihr …«

Ich halte mir die Ohren zu. Nein, nur das nicht.

»Als ihr nach einem Tag am Meer zurück zur Ferienwohnung kamt und auf der Mauer eine Maus saß, so still, dass ihr euch nicht sicher wart, ob sie noch atmete, und ihr habt euch hingesetzt und sie beobachtet, weißt du noch? Und danach seid ihr ins Haus und habt um kurz vor Mitternacht angefangen, Tiramisu zu machen und zwischendrin habt ihr geraucht und der Eischnee sah aus wie Wolken.«

Ich kippe mir den Kaffee auf die Zunge, das Brennen stoppt sie kurz, die verfluchte Stimme, doch dann geht es weiter: »Wie stellst du dir das vor, wie soll es weitergehen? Du sitzt hier und versuchst nichts anzusehen, was dich an ihn erinnert, aber alles erinnert dich an ihn, selbst deine nassen Taschentücher. So geht das doch nicht, du musst endlich …«

Gar nichts muss ich, denke ich und trinke weiter. Meine Zunge fühlt sich an wie ein pelziger Fremdkörper in meinem Mund. Ich löse meinen Blick von der rosa Jogginghose, die tatsächlich ziemlich löchrig ist, das muss ich zugeben, und sehe mich in der Küche um.

»Seine Schürze, mit der er dir immer dieses türkische Gericht gekocht hat, die roten Töpfe, die ihr zusammen gekauft habt, in diesem sündhaft teuren Küchenladen, weil sie euch an Jamie Oliver erinnert haben, und dieser Messerblock, in dem jetzt keine Messer mehr sind, weil du nur noch deine kläglichen zwei Kartoffelmesser hast, so stumpf, dass selbst du dich nie damit schneidest, wenn du abwesend eine Möhre zerkleinerst. Und dort die Kräuter, die bei ihm wunderbar wuchsen, schon vor über einem Monat von Blattläusen erobert.«

Ich gebe auf, zähle die Löcher in meiner Hose. Zehn. Natürlich zehn.

»Zehn Jahre wart ihr zusammen. Das ist lange, klar, aber auch kein ganzes Leben!«

Aber mehr erlebt als vorher und nachher zusammen, denke ich.

»Kein Wunder«, faucht die Stimme. »Du hast ja nicht einmal versucht, neu anzufangen.«

Du bist auch nicht die Lösung, denke ich.

»Aber ein Anfang«, sagt sie.

Mein Kaffee ist alle. Ich stehe langsam auf, schlurfe zurück ins Arbeitszimmer, fixiere den Papierkorb.

Dann trete ich dagegen, alles rutscht heraus. Da liegt sie, die blaue Mappe, ist plötzlich unschuldig ruhig.

Ich nehme sie in die Hand, streiche sie glatt, lasse die Gummis aufschnappen.

Einverständniserklärung nach Zustellung der Scheidung.

Drei »ung«s, denke ich.

»Es ist ganz einfach«, flüstert sie.

»Ich weiß«, sage ich und setze meine Unterschrift.

Inhalt

Selene Mariani

@seleneschreibt